L'abominable homme des neiges

Shannon Penney ▪ Illustrations de Duendes del Sur

Texte français de France Gladu

Je peux lire! – Niveau 1

Copyright © 2006 Hanna Barbera.
SCOOBY-DOO et tous les personnages et éléments qui y sont associés sont des marques de commerce et © de Hanna-Barbera.
WB SHIELD : ™ et © Warner Bros. Entertainment Inc.
(s06)

Copyright © Éditions Scholastic, 2006, pour le texte français.
Tous droits réservés.

ISBN 0-439-94167-9
Titre original : The Abominable Snowman

Édition publiée par les Éditions Scholastic, 604, rue King Ouest, Toronto (Ontario) M5V 1E1.

5 4 3 2 1   Imprimé au Canada   06 07 08 09

et ses amis sont en vacances

à la  . Ils logent dans un .

 , et le reste de la bande

se préparent à faire du ski et à jouer

dans la .

Les amis vont bien s'amuser! Ils

s'habillent chaudement. Chacun

d'eux porte un , une , un ,

des et des .

et font de jolis .

Une bataille de éclate!

s'amuse beaucoup. Soudain, il aperçoit quelque chose au loin. On dirait un énorme monstre de .

Il agrippe l'épaule de .

— Sapristi! s'écrie . C'est l' !

Sauvons-nous, !

 et courent vers le .

Leurs amis ne savent pas qu'ils

fuient l' .

— Bonne idée! Allons tous nous

réchauffer à l'intérieur, dit .

Chacun laisse ses dehors,

près de la du .

— Quand nos vêtements seront secs,

nous irons skier, dit .

À l'intérieur du , les amis

s'installent sur le . Dans de

grandes , ils boivent du chocolat

chaud avec des .

et jouent aux dames devant

le . Ils ont tant de plaisir, qu'ils

oublient l' .

Au bout d'un moment, tous sont

bien réchauffés et prêts à skier!

et ses amis enfilent de nouveau

leur , leur , leur , leurs

et leurs . Ils sortent par la

de côté et descendent l' .

Mais il manque quelque chose.

Leurs ont disparu!

— Oh, non! dit .

— Nous ne pouvons pas skier sans

nos ! dit .

— Sapristi! s'écrie . C'est l' !

Je parie qu'il a pris nos et,

maintenant, il nous poursuit!

— Cherchons un peu, dit .

Quelqu'un a peut-être déplacé nos

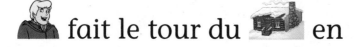 .

 fait le tour du 🏠 en

s'enfonçant dans la ❄️ .

Il ne voit les 🎿 nulle part.

Lorsque 👤 revient, 🐕 et 👤 sont

agrippés l'un à l'autre et frissonnent.

Mais ils n'ont pas froid. Ils ont peur

de l' 👹 !

— Quelqu'un a peut-être rangé nos à l'intérieur, dit .

 et elle montent l'  et ouvrent la . Mais les  ne sont pas à l'intérieur. Quand les filles ressortent, et ont noué une sur leurs yeux. De cette façon, ils ne verront pas l' !

— L' s'est enfui avec nos !

s'écrie en montrant quelque

chose au loin.

— Ce n'est qu'un gros banc de ,

dit . L' aurait laissé de

grandes sur la . Et il n'y

avait aucune lorsque nous

sommes sortis.

— Tu as raison, dit . Et je crois

que je sais où sont nos .

 creuse la et trouve une paire de .

— Il a dû neiger pendant que nous étions à l'intérieur, dit-elle. La a recouvert nos et les que nous avions faits.

 dégage ses de sous la .

L' ne les avait pas volés après tout!

— R'ooby-dooby-doo! fait .

As-tu bien vu toutes les images du rébus dans cette énigme de Scooby-Doo?

Chaque image figure sur une carte-éclair. Demande à un grand de découper les cartes-éclair pour toi. Essaie ensuite de lire les mots inscrits au verso des cartes. Les images te serviront d'indices.

Avec Scooby-Doo, la lecture, c'est amusant!

Sammy	Scooby
Daphné	Fred
chalet	Véra

neige	montagnes
écharpe	bonnet
bottes	manteau

ange de neige	mitaines
abominable homme des neiges	boule de neige
canapé	skis

tasses	guimauves
porte	feu
empreintes	escalier

Les de la bande de Mystères inc. ont disparu!
 et pensent qu'un les a volés!

La collection *Histoire rébus* de Scooby-Doo utilise des images pour faciliter la lecture. Les cartes-éclair aident à apprendre de nouveaux mots.

WORLDWIDE PUBLISHING
TM

Éditions **■SCHOLASTIC**

www.scholastic.ca/editions

Je peux

6,99 $
TAX INCLUSE
$8.55

Niveau 1

Prématernelle - 1re année

ISBN 0-439-94167-9

9 780439 941679

9 0 0 0 0

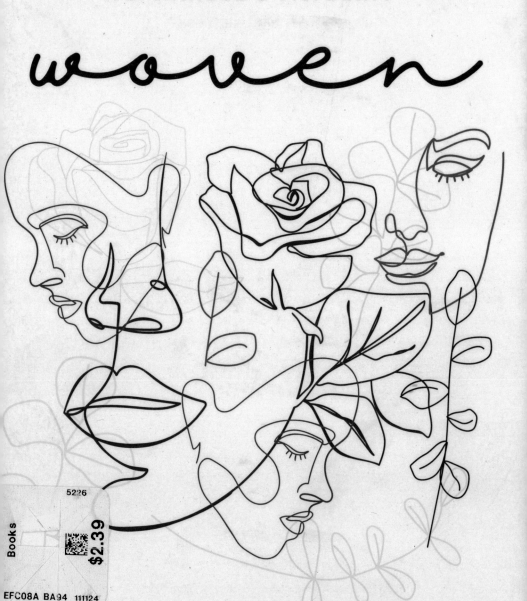

A COLLECTION OF STORIES *weaving* THE FABRIC OF MOTHERHOOD, WOMANHOOD & HUMANITY

woven

TANIA JANE MORAES-VAZ

CHIARA FRITZLER . KATHERINE EARL . JAKE LEISKE WILLIS . SHARANA ALI
SARA COSTA . PATRICIA MORGAN . KIM SORICHETTI . SONALI THAKER
ISA TOWN . AMY SYED . JENNIFER DE ROSSI . MICHELLE NICOLET . LEANNE FORD
EMILY EDWARDS . PARASTOO BOROUMAND . SHERRI MARIE GAUDET